Er cof am fy annwyl nain a thaid ar ochr fy mam,
Emma a George Jarvis, Annfield Plain – pobl y pwll glo.

Richard

Cyhoeddwyd yn wreiddiol yn 2018 gan Child's Play (International) Ltd
Ashworth Road, Bridgemead, Swindon SN5 7YD, UK

Cyhoeddwyd gan Graffeg Cyf., 2024
Addasiad Cymraeg: Anwen Pierce

ISBN 9781802587111
Mae cofnod catalog CIP ar gyfer y llyfr hwn ar gael o'r Llyfrgell Brydeinig.
Cyhoeddwyd gan Graffeg Cyf., 2024
Dyluniwyd a Chynhyrchwyd gan Graffeg Cyf., © 2024
Graffeg Cyf., 24 Canolfan Fusnes Parc y Strade, Llanelli, SA14 8YP,
Cymru, DU. www.graffeg.com
Mae'r cyhoeddwyr yn cydnabod cymorth ariannol Cyngor Llyfrau Cymru www.gwales.com.

Ariennir gan Lywodraeth Cymru
Funded by Welsh Government

FSC www.fsc.org MIX Paper from responsible sources FSC® C014138

Geirfa:

gry: *ceffyl* – **sulky:** *cert ysgafn â dwy olwyn* – **jallin:** *teithio* – **Daddo:** *Dadi*
vesh: *coedwig* – **habben:** *bwyd* – **besh:** *hoe, seibiant*

POLONIUS

Merlyn y Pwll Glo

Richard O'Neill

Darluniau gan Feronia Parker Thomas

Flynyddoedd maith yn ôl, roedd merlod fel Polonius yn gweithio o dan y ddaear mewn pyllau glo, yn tynnu tybiau trwm llawn glo. Treuliai'r merlod y rhan fwyaf o'r flwyddyn yn y pyllau, gan gysgu a gweithio o dan y ddaear.

Ond unwaith y flwyddyn byddai'r pyllau yn cau am wyliau, a byddai'r merlod yn cael dod i'r wyneb i fwyta porfa ffres ac anadlu'r awyr iach.

Byddai'r merlod wrth eu boddau y tu allan, ac mewn dim o dro bydden nhw'n prancio ac yn rhedeg, gan fwynhau eu rhyddid.

Sylwodd Polonius ar ddau geffyl mawr yn pori yr ochr arall i'r ffens. Wrth iddo fynd yn nes atyn nhw, gwelodd nad oedden nhw'n sownd wrth raff ac nad oedd ffens o'u cwmpas.

"Pam nad ydych chi'n dianc?" gofynnodd.

"Pam fydden ni am ddianc, *gry* bach?" gofynnodd Cushy'r gaseg yn ddryslyd. "Ry'n ni'n perthyn i deulu o Deithwyr. Ry'n ni'n cael y borfa orau bob tro. Ry'n ni'n gallu yfed o'r afon, a nofio ynddi pan fydd hi'n boeth."

"Hoffwn i fedru ymuno â chi," meddai Polonius.

Gwnaeth Cushy weryriad bach doniol. "Rwyt ti'n rhy fach i dynnu wagen drom neu gert. Dim ond tynnu *sulky* fach yn y ffair geffylau fyddet ti'n gallu ei wneud."

"A beth bynnag," meddai Thor, "does dim stabl yma, ddim hyd yn oed yn y gaeaf. Dwyt ti ddim yn ddigon gwydn i fedru byw bywyd yn *jallin*, yn teithio ar y ffordd."

Ar ôl eu hoe yn yr awyr iach roedd yn amser i'r merlod fynd yn ôl o dan y ddaear. Doedd yr un ohonyn nhw am fynd yn ôl i'r pwll tywyll, llychlyd, ac roedd eu hel yn waith caled.

“Dyma fy nghyfle – rhaid i mi fynd amdani!” meddyliodd Polonius. Yng nghanol y prysurdeb, dihangodd drwy fwlch yn y ffens.

Roedd y Teithwyr wedi symud ymlaen, ond dilynodd Polonius ôl carnau'r ceffylau, a dod o hyd iddyn nhw mewn gwersyll newydd gerllaw melin lifio. Pan welodd y plant y merlyn dyma nhw'n rhedeg ato. Syrthiodd un o'r merched – Lucretia – mewn cariad ag ef yn syth.

Ond gwgodd Taid. “Merlyn pwll glo yw hwn,” meddai. “Edrycha ar ei fwng a’i gynffon. Bydd raid iddo fynd yn ôl i’r pwll lle mae’n perthyn.”

Cyn gynted ag y cyrhaeddon nhw iard brysur y pwll, dechreuodd y merlyn bach guro'i garnau'n swnllyd, gan rusio ac ysgwyd ei ben yn wyllt.

"Shhh," meddai Lucretia, yn ceisio ei dawelu.

Aeth Taid at Brian, oedd yn gofalu am ferlod y pwll, ac esbonio beth oedd wedi digwydd.

"Fydd e'n dda i ddim i weithio yn y pwll nawr; mae wedi cael blas ar fod yn rhydd," esboniodd Brian. "Pam na wnewch chi ei gadw? Fe gewch chi e am ddim."

Ysgydwodd Taid ei ben. “Dwi ddim angen anifail arall i ofalu amdano, gyfaill. Fyddai merlyn fel hwn yn werth dim i ni.”

“Cewch chi’r harnais lledr hefyd,” meddai Brian, wrth geisio ei berswadio. “Alla i ddim cadw merlyn sydd ddim am fynd i lawr i’r pwll.”

“Plis, Taid, mi wna i ofalu amdano,” meddai Lucretia. “Dwi’n siŵr y gall o’n helpu ni.”

“O, o’r gorau,” atebodd Taid.

Setlodd Polonius i batrwm bywyd y Teithwyr yn syth. Daeth i arfer ag oerfel y gaeaf a'r diwrnodau pan oedd bwyd yn brin. Doedd neb erioed wedi gofalu amdano fel roedd Lucretia yn ei wneud. Pan oedd gwaith y dydd ar ben, byddai'r teulu'n rhannu eu straeon o amgylch y tân ac yn siarad am eu ceffylau â balchder.

"Tynnodd Thor gert fawr yn llawn boncyffion coed gwern heddiw," meddai Jasper, "bob cam i fyny'r rhiw o *vesh* Harper i'r felin lifio."

"Aeth y tryc newydd yn sownd mewn cae mwdlyd. Tynnodd Cushy o allan, diolch byth," meddai Leander.

“Cosodd Rosi fach drwyn Polonius heddiw,” chwarddodd Lucretia, “ond wnaeth o ddim ffys!”

Roedd Polonius yn falch fod y teulu’n meddwl ei fod yn addfwyn, ond roedd yn ysu am fod yn arwr fel Cushy a Thor.

Roedd y teulu cyfan yn gweithio ar archeb fawr am stolion o bren gwern i'w cludo i America ar long. Roedd yn waith caled, a bu'n rhaid i'r teulu frysio i'w gorffen nhw mewn pryd.

Helpodd pawb i lwytho'r stolion ar dryc newydd Daddo, yn barod i'w cludo i'r dociau y diwrnod wedyn.

"Mi ddechreuwn ni'n gynnar a stopio hanner ffordd i gael *habben* a *besh*," meddai Daddo.

"Dylen ni fedru cyrraedd y dociau yn y pnawn," eglurodd. "Bydd digon o amser i ddadlwytho'r stolion cyn bod y llong yn hwylio."

Cysgodd y teulu'n sownd a deffro gyda'r wawr fel arfer, ond pan ddaeth Daddo allan o'i garafán, gwelodd fod blanced o niwl trwchus yn gorwedd dros y dyffryn.

Cerddodd Taid o'r gwersyll i lawr y lôn i weld a oedd hi'n well yno. Daeth yn ôl, yn amlwg yn gofidio. "Fedra i ddim gweld blaen fy nhrwyn drwy'r niwl!"

“Does dim un ffordd y galla i fentro gyrru’r tryc ar hyd y lonydd cul yn y niwl trwchus yma. Un troad anghywir a byddwn ni yn y clawdd – neu’n waeth na hynny, yn yr afon!” meddai Daddo.

“A pheth arall,” meddai Taid, “byddai’n rhaid i ti yrru mor araf, fyddet ti ddim yn cyrraedd y dociau mewn pryd.”

Ceisiodd Taid dawelu ofnau pawb. “Mae’n iawn – mi wnawn ni lwyddo rywsut. Ry’n ni’n llwyddo bob tro. Beth am roi’r stolion ar fy nghert i? Gall Cushy neu Thor ei thynnu.”

Ffurfiodd y teulu gadwyn a phasio'r stolion o'r tryc i'w llwytho ar gert Taid mor gyflym â phosib, cyn eu clymu â rhaff.

Ond roedd y ceffylau mawr yn curo'u carnau'n galed, eu ffroenau'n lledu gan ofn. Pan geisiodd Taid arwain Cushy tuag at y gert, doedd hi ddim am symud modfedd. Digwyddodd yr un peth gyda Thor. Erbyn hyn roedd Taid, hyd yn oed, yn dechrau poeni. "Mae ofn y niwl arnyn nhw. Beth wnawn ni?"

"Gall Polonius dynnu'r gert," meddai Lucretia. "Does dim ofn arno fo. Os oedd o'n medru gweithio yn nhywyllwch y pwll glo, dwi'n siŵr y bydd o'n llwyddo i fynd drwy'r niwl."

Yn llawn gobaith, rhoddon nhw'r harnais ar Polonius a'i osod o flaen y gert, ond roedd hi'n rhy drwm i'r merlyn bach.

Meddyliodd Polonius am gynllun. Trotiodd draw at Cushy a Thor.

"Gallwn ni wneud hyn gyda'n gilydd," meddai. "Os tynnwch chi'r gert, mi wna i gerdded wrth eich ochr a'ch arwain drwy'r niwl."

“Edrychwch,” meddai Lucretia, “mae Cushy yn dilyn Polonius.”

Gwyliodd y teulu mewn rhyfeddod wrth i’r merlyn bach annog y gaseg fawr yn ôl at y gert. Safodd Polonius drws nesaf i Cushy, gan wthio’i ben yn erbyn y bachyn oedd yn clymu’r gert at yr harnais.

"Mae'n debyg mai Polonius fydd ein tywysydd!" chwarddodd Taid. "Dwi'n meddwl y byddai'n well i ti ddod hefyd, Lucretia."

Felly aeth Taid, Lucretia, y gaseg fawr a'r merlyn bach i lawr y lôn tuag at y ffordd fawr. Roedd ofn yn dal ar Cushy ond roedd Polonius wrth ei fodd yn cael mynd i'r blaen.

"Paid â phoeni; byddwn ni'n iawn," dywedodd Polonius wrth Cushy. "Mi ofala i amdanat ti."

Defnyddiodd Polonius yr holl sgiliau roedd wedi eu dysgu yn y pwll glo. Gan ddefnyddio'i draed, ei glustiau a'i ffroenau, gofalodd fod pawb yn ddiogel. Siaradodd y merlyn bach dewr â Cushy bob cam o'r ffordd, gan esbonio sut roedd yn gwybod ble i fynd.

Roedd Taid yn edrych ar ei watsh bob munud. Roedd yn poeni na fydden nhw'n cyrraedd y dociau mewn pryd. Roedd yn gwybod hefyd fod angen i'r ceffylau gael hoe am ddiod a *habben*.

Gwasgodd Lucretia ei law. "Bydd pob dim yn iawn, Taid."

Roedd pawb yn falch pan ddechreuodd y niwl godi o'r diwedd, wrth iddyn nhw orffen eu *habben*.

"Dewch, gallwn ni lwyddo!" gweryrodd Polonius.
Gallai Cushy weld yn gliriach nawr, ac aeth y gert yn gynt.

Wrth i'r niwl godi'n llwyr, neidiodd Taid a Lucretia ar y gert rhag ofn iddyn nhw gael eu gadael ar ôl.

"Rhed, Cushy, rhed fel y gwynt!" canodd Polonius.

Dechreuodd y gaseg fawr bwnio'r ffordd â'i charnau, yn gynt ac yn gynt, gan greu sŵn rhythmig fel drwm uchel. Roedden nhw'n carlamu ar wib tua'r dociau, ond cadwodd y gaseg ei llwyth yn ddiogel ar y gert.

Mewn dim o dro gallai pawb glywed sgrechian y gwylanod.
Y peth cyntaf ddaeth i'r golwg oedd craeniau haearn enfawr y dociau.

"Ry'n ni wedi cyrraedd!" gwaeddodd Lucretia yn falch.

Wedi iddyn nhw ddod o hyd i'r llong, gweithiodd pawb yn gyflym i ddadlwytho'r stolion – a chael tâl am eu gwaith.

"Mi wnaethon ni lwyddo, diolch i ti, Polonius!" meddai Cushy, yn llawn edmygedd o'r merlyn bach.

Y noson honno, ac am sawl noson wedyn, yr unig stori oedd yn cael ei hadrodd o amgylch y tân oedd hanes Polonius a'i daith ddewr i'r dociau. Mae'r stori'n dal i gael ei hadrodd hyd heddiw, er mwyn atgoffa pawb o rywbeth pwysig – nid eich maint sy'n bwysig, ond y penderfyniad a'r dewrder sydd yn eich calon.